JN253772

カナシムタメノ
ケモノ

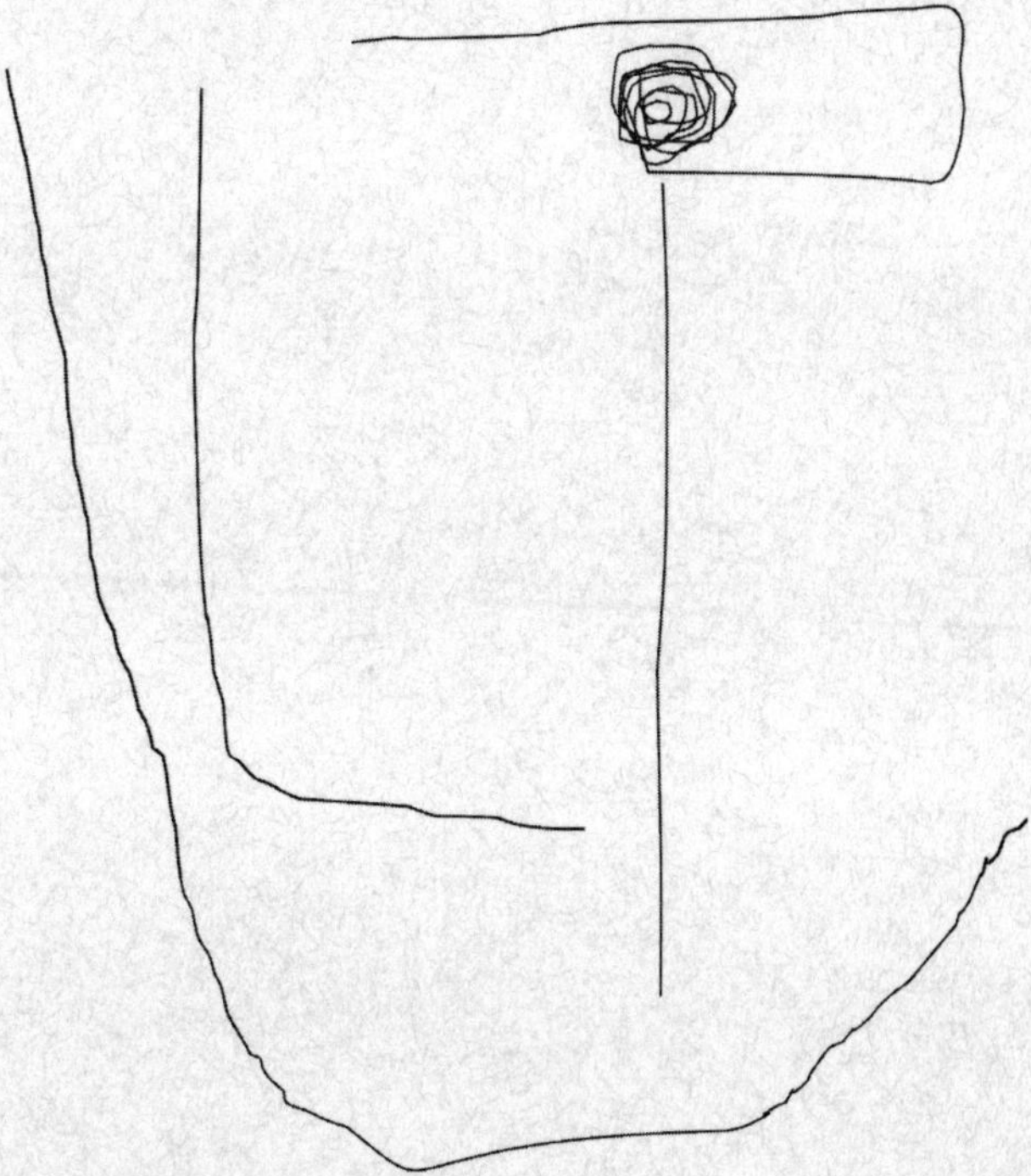

プロローグ

詩行《しぎょう》

へたくそな
私の脳みそ

だからこそ
必死に向き合い

追いかけるのは
コトバのイノチ

時代　流行
喰らい込み　膨れあがり
つつ

みるみる　色あせる
半透明　なまケモノ

おとなしく
おさまるくせに
みんな　使うときには
もう死んでいる

生まれたての
コトダマジャクシ
出会えたのなら
ウスカワ一枚
そっと　開いて

心象の核　静かに埋め込む

育て
真珠のように
光れ
輝石のように
仕上げには

感じたまま　受け止めること
短い命の
ありのまま　記すこと
思い込まず
色を足そうと　しないこと

それだけ

目次

Brighter Works

Shades of Japan Blue

正体の不気味

冬の朝
うすらぬくい風
もわりと　吹く

江戸でなら
不吉に　空を見上げて
素直に居ずまい　正したはずが

Ｔｏｋｙｏは
画面の向こうで
理屈　こねては
可能性だけ　羅列する

天地が狂ったワケ　知りたいのに
わからぬと　言えずに
メクラマシか　愚か

最後はいつも　CMの魔法
90秒後の記憶喪失《アムネジア》

ならば頼らず
深呼吸ひとつで　立て直す
習慣とエゴ　捨てて
フシギつないで　意味探す

考えることさえ
あきらめなければ

開けないと　ユビキリしたはずの
空き箱が　山ほど見えてくる
（ああ　6月に　雪が降る）

夕暮れの格式

オレンジ　麗雲
　メガネ裏には　水色

川岸　コンビニ駐車場
やたらに広い　白線

半端に　またいで
並ぶ　自転車　自転車
さびついて　原付自転車

向かいの　箱ビル
きらきらホテル

紗を　振り切って
車が急進

タイヤは　苦しく
ｋｉｙａａａａと　怒り

カバに似ている
オトコのとなり
つりあいのとれない
オンナノコ

泣いていたのは
どちらでしたか？

フライング気味　白い満月
のらりくらり　アトずさる
春満ちて　皐月ごと
ひどいな　この夕暮れ

カナシムタメノケモノ

勝手に決められた
締め切り　間に合わず
殺処分される
子犬の瞳　アイ色

寿命だと　胴切りにされ
ただ一輪
春　サクラ色

初夏　いのち刈られ
実りないまま
オリザ　ウスミドリ

カナシイ　イロドリ
ミ
ステラレタ　イノチ
罪としての
背面鏡　負ったまま
カナシムタメノ
ケモノ
の
ワタシ

未来　映っているはず
なのに
もう見えないノケモノ

ハナシコトバ　棘《とげ》の乱

話し言葉
なりたちの深み　無残に削られ
信号化され　大量複製
都合よく前後削除し　履歴も消滅
液晶表面
シリコンの棘　ウブゲ出て
たった一人の　戯言も
めぐりめぐって　多数派工作

75日で　消えるはずなく
孤独と踊る　エゴイズム

無慈悲な社会の
サポーターへと　成り上がる

礼儀は見殺し　無礼は見過し
自己中心は
「個性なので」とラッピング

不機嫌　涙　怒り顔
なみなみと溜め込んで

甘い棘は
すらり放物線の先

一億の手首　淡々と貫き
エイチの血潮　地に散り果てる
(omaera wa ore tachi no
nori-mono ダ
イワレタトオリケイタイシテオケ)

花

福島の花

ちかくとおくに
散らされて
はじめての秋

かりそめの丘
ただ　故郷に向いて咲く

忘れたことすら忘れられ
ほそいこころで
5度目の秋

かりそめの谷
ただ　故郷に向いて咲く

懐かしい山河から　届くはず
「もとどおりだから　戻っておいで」

待ち疲れたまま
ふるさと　恋し
花弁を揺らす

月日重ね葉　流れる祈りに
脈　擦り切れ　雫《しずく》散る

言葉こらえて　静かに咲くもの
それらがいちばん　耐えてきたもの
それも忘れているのなら
済んだつもりに　なっているなら

わたしたち
ハナデナシ
ヒトデナシ

質疑　応答まるでなし

アマチュアな近未来小説？
ワカリヅライストな首相と
小粒な取り巻き

ぬらぬらと
こねくり回して　最上位法
満々に　腐らせるつもり

　人権が保障されていない
ひとがおります

生活の糸が絶たれたままの
ひとがおります
ねえ　昨日の自殺者は何人ですか

基本的の意味　教えましょうか

野蛮な独裁国の話ですか
大戦前のオハナシですか

嘘で固めた言葉しか
かたることを許されない
そんな立場もわかるから
気の毒に思って
眺めてきたけど

日本国よ
そのツモリビトよ
本当にあなたは
国民を愛していますか
いるのですか

変転　地異　のち晴れ

自分の内面・外面と
こちら　そちらと

直すべき
正すところが　多すぎて

最初のグリップ
さっぱり　みえない

プラスチック植物
意味なく　カチャカチャ
葉っぱふり　ブリブリ

催眠術でも
ふりかけられたか
前頭葉に
陽炎の膜が降る

初手どころか
まず一歩目降りる
地面がないから

なにくそと

仰向け90度
転んでみたら

あははは　はは
ひんやり
深呼吸

砂混じりの地面から
サクラ重ねて　眺める空

こんなにも　青いのか

飛行機雲　いちもんじ

ならば
心静かな愚者に戻って

あらためて
はじまりの一
を
引くさ

こんなところで
まけるもんかよ

リアリティ変位　の嘘

ほんものらしさが
3Dですか
すごいのですか?

昔から世界は
とっくの三次元

つくりものども
リアルに近づくほどに
さらに　きみわるい
気分も悪い
とか　ヒューマノイドの法則

似せようとして
できあがって　所詮　似せもの
模倣は過程だ　ゴールと呼ぶな
あるべきものは　すでにある

そこでのみ　存在は
世界とつながっているから

「圧倒的臨場感」など
雑な宣伝から　人生を解き放て

薄く気づいているくせに
ノンキナ嘘に　呑まれるな

必定のトキ　舞い降りたなら
余計は　全て　かなぐり捨てて
唯一の場所へ

瞬発力こそが　金

夢問答

大事な君よ
ほんとうに　いいのか

簡単に諦めて　いいのか
本当の夢

簡単に捨てて　いいのか
本当の夢

選択のひとつに
下げてしまえば
本気の質が変わってしまう

一生の夢だ　粘りなよ
ワガママ言いなよ

逆風吹いても　どうしても
やりたいココロは　全てに勝る

易きに流れ
これが現実　仕方ないやと
わかったふりの眼を伏せるのか

道があるのに
足踏み　言いわけ
どうしてなんだ

そんなこと
まず
未来の君が　許すはずない
本気の拳で
怒るはずだよ

Responsibility is ours

文部科学省
大臣うそぶく

オイラの政策
正しいけれど
ゆとり教育　失敗だった

ならば

ゆとり世代と呼び捨てて
特別扱いするまえに

謝らなければ　責任取らねば

義務教育
無理やりやらせて
9年間も縛りつけ
育てあげたのは誰

我々だ
まぎれもなく
日本政府だ　教員だ

他人のふりして
そのすがたから
目そらす前

本気で悩む　責任がある
確かに　あるんだ

ミッション　オメガ

日本よ　世界の良心となれ

血走って札束見つめる
指導者には　鏡面の正気を示し
言い訳　ゴマカシ打ち砕け
暴力に曇る惑い星の　光となれ

学ぶ　ではなく
示すため国を出よ

歴史を眺め　自然と和解し

仏陀もキリストもアラーも
たいらに　包み込んできた
奥深さ　世界に示せ

怒りでなく　損得でなく
卑屈にならず　そして奢らず
調和のセンスは
戦闘に結論を逃がさない

誇らず気高くあれの　その想いで
日本よ　世界の良心となれ

西洋とは　異なる物差し《スケール》
大和心に　息づく全てが

やがて　僕らが　亡びた痕に
サピエンスの花と咲く

ココロ　細くとも
もう　出発の時間です

鉛直ドロップス

ひとみの境界線が　緩んだ
めじりから　ほろほろ
ちちははの恩を
おもう　こころ
と
期待に
こたえられない　悲しみ
が
教室のすみ

鉛直　ゆかにおちていく
　いつ　見た風景

純粋が　そのまま
平凡な混沌へ
身を投げようと
する　寸前
見えない手が　滑りこむ風景

教師ひとり
限界超えても　伸ばし広げる
歴史的集合体　としての掌

ジブンヲ　ステサセルワケニハイカナイ
ミライヲ　コワサセルワケニハイカナイ

涙ドロップス　そのまま　掬い上げ
希望へと　作りかえる
学び舎　出会い　その真意

結末勝利

日常を囲む全てが
少女を傷つけ

チャンスもキボウも
道徳もＨＲも消えうせる

指の隙間
落ちかけの　細い肩
かかわる教師　ことごと
折られ　救いが絶える

それでも

早朝　ただ一本の電話
どこでもない　高みから
一筋の愛情

大丈夫　守るから
だから　すみません
そこから切り離します

避難的離脱
旅立ち　そして

彼女は自分をとりもどし
生まれて初めて
こころが落ち着いていますと告げる

経験も打算も　計算も言い訳も
飛び超えて　結末

プロなのに　なにひとつできないまま
未来が明るく動き出した

Brighter Works

失敗百万遍

あるはずの
と
探し当て
遠い山　雪景色
仕留めた

はずが
するりと
にげる

夜明け前の
純白が　つかまらない

日の出
ぎりぎり
平らに伸ばして
画面に　しまって
みたものの

開けば　いつでも
おばかさん
ホメラレタガリの
絵葉書もどき

見返すたび
ますます
死んだような

風景

ともに
オモヒダス
今だけが　今だということ

もったいっないから

「コトバ　美しナなんて
オマヘは　ホメ称えてばかり
自分では　大したコトノハ
生み出さない　アホオオオ」

たるんだ電線　つかまされ
腰のすわらぬ　色白カラス

黒目むいて
飛び飛び　跳ね跳ね
騒いでいる

ためしに
いくつか　鳥目に
みせよか

（なんてね）

せっかく磨いた
大事な音を

すっぴんでお前に
差し出せるかい
やなこった

アホという
お前のほうが
アホガラス

日本語しゃべるな
遺伝子操作で小柄にしちゃうよ

sora kara

関が原　上空

必死に　みな戦っている

日本刀は
存外
すぐに曲がるね

ヨロイカブトは
案外
不便なものだな

あらら
寝返ったひとたち
そのくせ　泣いている

それも
もうすぐ終わるはず

戦場を囲み
咲きはじめたのは
無数の白い花

みえますか

ゆるしの
白いチューリップ

花言葉「失われし愛」
という余韻のまま
以上　現場上空でした

連

そりゃ　雨も降るのだろうよ
　水惑星のこと
そりゃ　風も吹くのだろうよ
　本気の人生のこと
そりゃ　転ぶこともあるのだろうよ
　生き物だから
　動物だから

真っ赤にうまれた
その刹那から

熱く　ハゲシク
いきているんだ

晴れ　雨
どちらも　ほんとで

お互いあることで
区切りなく　一連

ソンナニ
ナクナヨ
モッタイナイゾ

そらいろの少女

ないはずの
金木犀の香りが
　こちらがわまで
　とどくほどの　そらいろ

　近似的
　オキナワ　うみのいろ

な
少女の輪郭線《プロフィール》

わたし
ほんとうは
見えないはず　なんです
しょうがない　らしいです

お医者はみんな　そういうのです
科学では　そうらしいです

でも　なぜか
ちゃんと見えちゃうのです
ふふっ

理由も説明も
色あせるほど

きらきらと瞳
誇らしく

そらの　その奥まで
ただ
はるかに　幸あれ

さまー　はず　かむ

高校生に　掃除させるのは
世界では珍しいらしい

驚く世界のほうが
こちらには　珍妙だけれど
暑いアツイ　じゅうろくじ
またソウジです

高校　理科教官室の
ゴミ箱のぞいて　オンナノコ

ここで　棒アイス
たべちゃったのは
だれですかあ？

こちらのトシの
三分の一以下
年下の　おおごえの

おこったような　わらったような
ほんきでのんきで

おそらくは
その子にしか出せない　響き

こめんどくさい
入試問題ばかりの
この部屋で

なんでだろうか
おとなは
みんな　わらってる

夏が来る

およそ甘ちゃんでした

おととい　出会った
まだ見ぬ　女神《ミューズ》よ

せめて
あなただけは
笑顔でいてほしいのだ

そして
よくやったねと
しずかに　ほめて　ほしいのだ

いにしえの芸術家たち

そのために
いのちを削ってきたように

しかし
ほめすぎないで　ほしいのだ

できるなら
無邪気のうちに
鋭いひとことも　欲しいのだ

もっと大きな笑顔が
みたくなるような
そんな
きっかけがほしいのだ

などと
おもひ上がった
カンチガイには
つめたい
鏡文字

すみません　今は行けません
大事な用事が　あるのです

でも
ライバルは　あなたです
もう　引き下がるわけには
いかないのです

世界を制するのは　わたしです

望んだようには　いかないらしいが
お前が誰でも
　こちらも譲るわけにはいかないさ

誓約

いまのわたし　教師
とくに　かわりばえしない
ふとりぎみの　平凡なかたちだ

でも
こんな自分でも
できることがあるのなら
何かあったら
呼ぶといい

必ず　そこへ
必ず　行くから

何よりも
君たちを

その　可能性を
信じる努力をやめないことを

ここに
誓うから

球体日本人（ぐろーばるビーイング）

２０１６　５月　広瀬すず
さんの球体

輪郭すべて
機嫌よく曲線

若い変位すべて
空間的未来へ

瞳は時に　粗さ
すら
反射するけど

大人の浅知恵　吹き飛ばす
ちはやぶる　台風の
巻き込む　求心力も
嫉妬される　遠心力も

決意込め
見上げた瞳の円《まどか》
燦々

微分で接線
ブレイクアングルには
Y切片のオマケつき

白目をむいて
寝落ちる　姿も

なお
そのひと　らしく

セイク（おかげ）

工夫ひとつもないコトバ
だけど
本心の

ひどいこと　薄情なことが
もしも　あのとき
起きなかったら

胸つぶれるような
あの瞬間がなかったら

じぶんは
この場所には
こられなかった

あれだけの
絶望しなければ
この安らぎには
到達できなかった

だから　すべて
かれらの
おかげなんだ

感謝しかないわ

白昼　夢中（ライトワーク）

感じたまま　白昼夢

ミツマタ和紙のような息をして
わたしは　三番目の叔父であり
　顔半分だけ　黒いネコ

打ち捨てられたか
老画家のアトリエに

窓がない　光がたりない

裏側にも　ひとつ
色ありよう
よう見えぬ

世の彩りで　あるはずもなく

回析光
ミとラーとに　乱反射して

赤は赤の
青は青の
緑は緑のまま

璧《へき》　産み落とす

ひとつ　たんぱく
ひとつ　ＡＴＰ
ひとつ　希望
パンドラの
周波数　４３２

木々の枝　流れ　そのままが
日の光に　リズム譜と
聞こえるか　ビート

復讐心から
左脳をきりはなせ

理屈を捨てろ
そのまま受けろ

正解でなく
真実が吹いてくるまで

朝日　オレンジの光が満たし
月夜に　ダイヤモンドの光

預言は　心臓をななめに
かけあがる

常識半分
右脳をきりはなせ

右脳　握りつぶしても
左脳　握りつぶされても

愛情は確かに残る
怒りは確かに残る

この　こころの所在はどこだ
この　こころの正体はなんだ

神経系は見せかけ

か？

不自由な電気系
非自由な波動系

オメガアルファの
想いあるなら
必ず　こころ
に　正解が
ある
に　ある
正解が　黒髪のアリス

こころがハートにあれば

ほんとのこころが
心臓にあるなら

心臓が
よりよく動くよう
平らかに生きるのが
いっとう大事

あたまでっかち
受験勉強のかわりに
正しく心臓をそだてよう

小さいうちから
その学びをしっかりと

脳が求める
貪欲でなく　比較でなく
ましてや　優越でなく

ひとを許す練習
助ける練習

ひとが
いないところでこそ
正しく生きる練習

悪口を我慢する練習
美しさを見逃さない練習
そこから　真理を学ぶ練習
自然の仕組みを紐解く練習

みずからを良しとして
おなじだけ
隣人をヨシトスル

難しいから
みんなで練習
本気の本気で
一生練習

あせらず
それぞれのタイミングで
なんども　なんかいも

病んだ星への
エバンゲリオン（福音）

その訓練の質の高さを
名誉としよう

もし
こころの所属が
心臓にあると
示すことができたなら

（勝ち負けに
トチ狂った
人工知能に
説教くらい
かましてやろうか）

不同一性の示し

男性の体と
女性の心を
もつひとがいるという

その　こころは
脳のなかには
ないだろうよ

男細胞の
脳の中には
女性のこころは
ないだろうよ

どこか
とおくの
平和なところ

これいじょう
誰にも
傷つけられないように

だいじにしまって
あるはずだ

ねえ
メアリ・ポピンズ

ちょっとそこまで
飛んでみては
くれないだろうか

ゆき朝の窓辺

ひゅう　しゅう
さささ　さささ　…
ひゅう　しゅ
　　　　さささ
　　　　　　　さささ
ひゅう　ひゅうう　ひゅう　……
ささささしゅ　しゅ　しゅっ

　　　　　　　　――――ん

しゃ　さ　ひゅう　ひゅしゃさ

さひゅ　さひゅ　しゃしゃ

　　　　　　　　――――――――ん

　　ん――――――――――――――――ん

音素描

無リジナル

大人のマンガ

誰が言ったか　映像化不可能
ＣＧ使って　実写にまぜて
そこまでで　完成したつもりか
自慢げ

ストーリーの肉を削ぎ
汚い絵を　薄汚く再現

動画投稿

なんでもネットに　あたりまえ
場当たりの　素人わんさか

アーティストが
人生削って　作った歌
まねして　うたって弾いて踊って

見知らぬ　だれか
ほめて　ホメテ

あわよくば　評判あげてと
虚ろに夢みる

ココロザシ　ヒクイワネ
そんなにも　サルマネ

始原の想い

遺伝子の機構
それなりに　わかります
セントラルドグマも
教科書に出てきます

それでも
遺伝子の中心
水素結合のハザマには
深い想い　つまっている
　気がします

偶然にしては
すぎた機能美

奪わねば続かぬ
いのちのかたちへの
哀れみ

すこしでも
進化させようという
愛情

奪うのでなく
せめて
わかちあうものとしたい

生きる意味なす　ベクトルは
科学的　非科学の矢印で
ほんの少しだけ　プラナリア

三つのオンチ

私には
みっつのオンチが
あるのです

うんどう
機械
あれれ
あとは
なんだっけ

にこにこと

自分の
弱みを　胸張って
こちらになげてくる

でも
音痴ではないですからね
もしよかったら　歌いましょうか

結構です

マイナスのマイナスは
四次元はるか　綾なす流れ
超えての無限大

限りない可能性と同値で
それほどに　大事なあなた
大事なみんな　だ
なんて　時が来るまで
教えて　あげないけどね

同素の表裏

愛と憎しみ　同じ
好きと嫌い　同じ
生と死　同じ
プライドと
自己嫌悪　同じ
信仰と信仰嫌悪　同じ
光と闇のループのハザマ

等質が
さかしまにはじまり
曲折を経て
同じ　在所へ

光と波　同じ

ライトとダークとライトのループ
はざまに　漂うだけの

それでも
その気がすむまでは

キミは
キミが一番
正しいとしていれば
いいさ

トキドキ保健室

あなたがいる
あなたの
ことばが満ちる空間

きみがいる
きみの
涙が満ちる空間

傷ついたひとたちの
こころのリンパを
きれいに流すための空間

とてつもなく
いとおしい場所として

やがて
あなたがいた　空間となり
いた
かもしれない　空間となり

なつかしくも
あいまいな　空間となる

それでも　の願いを
ひとつずつ
量子　飛び交う
トキのハザマに捕らえるのなら

場を　歪めて　局面を生み
永遠の球体と　成しましょう
ふたたびの　特異点の踊り場として

自戒

一瞬の永遠
そんな美に
出会えたなら

二度と交差しない
原点の時間
その　天の窓　地の扉

見通すまで
決して動かず
筆を進めず

見切ったのなら
筆を休めず
　記憶などには　想いを通さず
　息を止める　時を停める

そう　することだ
　　したいのだ

Otherwise
　多次元の本質　真横に流し
説明物語　手本どおりに
脳の記憶者たちの　手慰みとなる

やがて
詩型　枠を狂わせ

詩景　色を失い
詩心　核を惑わせる
　　　という堕ち

ならば　初見に　一気の勝負

見抜くまで
不動のまま　等速直線

最小の一点から　宇宙の果てへ
真空にも残る真価
掴み取るべし
　の示唆　信じ

Continue to be continued.

あとがき

先日　２０１０年に出した詩集『ソラヨミヒトコイ』を
見ながら気づいたことがありました

自分はもう　あのときの自分ではありません

多くの　ものつくりの方がそうなのかもしれませんが
自分の詩は、明らかに２０１１年以降その暗さも含めて
不可逆的に色を変えておりました

ただ　それはあの大きな出来事に限ったことでなく
たとえば　皆さんひとりひとりと出会ったときにも
様々に　変化が起きた気がします

経験により　人は日々新たにされ
だからこそ　私は　今も書き続けているのだと思います

今回は　以前　目標と定めた「のべてつくらず」の延長上
言葉それぞれ　やりたい放題に変化してもらい

ひとつひとつの詩に時を重ねて　拙いながらの
磨きを加えたつもりでおります

そのうちの　何が　効果を生むのか　有効に伝わるのか
いまのわたしには　知る由もありませんが
せめて　何か一語だけでも　響きが届いて
変化が起きたなら　本当に有難いことです

最後になりましたが
迷いながらの　この道のりにおつきあいいただいている
竹林館の左子さんはじめ編集の方々と
常にインスピレーションの源である
生徒諸君に感謝します

それでは　また

髙野信也

髙野信也（たかの　のぶや）

昭和38年茨城県生まれ。クリスチャン。

著書

『ミクロの森へ―コケの詩《うた》―』

（2004年初版／2008年第二刷　竹林館）

『かずのビタミン―つかれたココロに―』

（2005年初版／2008年第二刷　竹林館）

『愚者への贈り物―イエスよりかぎりなく―』

（2006年初版　教友社）

『朝霧の夢　夕焼けの地図』

（2008年初版／2010年第二刷　竹林館）

『ソラヨミ　ヒトコイ』

（2010年　竹林館）

『ギフト―キリストとの邂逅』

（2011年　竹林館）

『げんきになるまで』

（2011年　竹林館）

『まばたきデッサン＝情風素描＝』

（2012年　竹林館）

『昼下がりのキノコぞうすい』

（2013年　竹林館）

『NEVER ALONE』

（2015年　竹林館）

ポエム・ポシェット 34

◆

詩集　カナシムタメノケモノ

2016年10月20日　第1刷発行
著　者　髙野信也
発行人　左子真由美
発行所　㈱竹林館
〒530-0044 大阪市北区東天満2-9-4 千代田ビル東館7階FG
Tel　06-4801-6111　Fax　06-4801-6112
郵便振替　00980-9-44593
URL http://www.chikurinkan.co.jp
印刷・製本　㈱国際印刷出版研究所
〒551-0002 大阪市大正区三軒家東3-11-34
© Takano Nobuya　2016 Printed in Japan
ISBN978-4-86000-344-9　C0192

定価はカバーに表示しています。落丁・乱丁はお取り替えいたします。